老いは突然やってくる

真　山　美　幸

桂書房

老いは突然やってくる

五月のある日、岬はブラインド越しに届く朝の気配に目を覚ました。

ベッドサイドの時計は六時半を少し回ったところ。起きるにはまだ早い。

「もうしばらくまどろみの余韻に浸っていよう」

そう思って再び目を閉じ、夢とうつつの間の心地よい生暖かさに身を委ねた。

やがて眠気もすっかり覚めたので、大きく伸びをしてベッドから起き上がろうとした。とその途端、左足のつけ根を猛烈な痛みが走った。

「痛い！」

思わず叫び声を上げたが、心配顔で駆けつけてくる人の到来を期待したわけではなかった。そもそもこの家にそんな人はいない。そう、岬は一人暮らしなのだ。

とはいっても、生涯独身を通してきたわけではない。夫と二人の娘がいる「ごく平凡な家庭」の主婦だった時期もあった。ところが結婚して二十年が過ぎようとした頃、家族の形が変容し始め、その変わりゆく様を目の当たりにするうち、自分も納得のいく生き方をしてみたいと思うようになったのだ。

発端は、長女の茜が他県の大学に入学したことだった。距離的に家から通学することが出来ないため、当然のように学校近くのアパートに引っ越すことが決まった。こうして二十年近く寝食を共にしてきた家族の一員が、あっけなく古巣を後にして行ってしまったのだ。

岬は寂しさと心配の入り混じった気持ちを、人知れず抱えながら日々を送った。ところがその後間もなく、次女の大学受験で家中がてんやわんやになり、もはや長女の旅立ちによる喪失感になど浸っている場合ではなくなった。

そしてついにある日、次女の翠が希望していた大学から合格の知らせを受け取った。

吉報がもたらされるや、岬の口をついて出たのは思い切り感情のこもった「よかったねえ〜」だった。ところが、あとに続く言葉が出てこない。途方に暮れた岬は、その場を抜け出し、一人静かに自分の思いと向き合うことにした。

「娘を二人とも大学に送り出し、これで母親としての大任が果たせた」

　春の温かい日差しを浴びながら、岬は安堵と満足の美酒でほろ酔い機嫌だった。同時に、このところずっと心の中で消化不良のように滞留し続けていたモヤモヤが、どうしても無視できなかった。

「このモヤモヤはいったい何なんだろう？」その正体を確かめるべく思案を巡らしていると、突如、玄関の

老いは突然やってくる

鍵を開ける音が聞こえた。朝から友達と出かけていた翠が帰ってきたのだ。翠は家に入るとすぐ、軽い興奮気味に小走りで近づいてきた。

「ただいま。あの～、ちょっと話があるんだけど」

「お帰り。いきなりどうしたの？」

「実は私、一人暮らしを始めたいんだ」

「えっ？　ずいぶん唐突じゃないの」

「お姉ちゃんも、行く大学が決まったらすぐ、一人暮らしを始めたでしょう？」

「それはそうだけど、茜ちゃんの場合は、学校が遠くて家から通うわけにいかなかったからじゃない。翠ちゃんの学校は、家から一時間以内で行けちゃうでしょう？」

「うん。だけど私も、この際一人暮らしを始めてみたいんだ」

「一人暮らしって大変よ。掃除も洗濯も全部自分でやんなきゃならないし、それにお料理も……。家賃だって毎月払わなきゃならないのよ」

「家賃はバイトで何とかする。お父さんに学費さえ払ってもらえれば、やっていけると思うの」

「そうは言うけれど、勉強とバイトの両立は口で言うほど簡単じゃないわよ」

「バイトは、結構いいところが見つかったの。そこなら あまり体の負担にならなそうだから、両立できると思う。それにお部屋も、学校からもバイト先からも、わりと近い所に見つかったのよ！」

「えっ、お母さんに相談する前に、一人暮らしの準備を始めてたわけ？」

「だってある程度準備をしておかないと、私の本気度がお母さんに伝わりにくいと思ったから……」

これ以上話を続けても、翠の一人暮らしを始めたい気持ちに変わりはなさそうだ。それに、姉には許しておきながら妹にはダメというのは、公平性に欠ける。

こんなわけで子供たちは、二年の間隔をあけて順に古巣を飛び立っていった。残されたのは対話のない夫と二人だけの暗くよどんだ生活。

岬は、娘たちが突き進むであろう未知の世界の冒険を思い描けば描くほど、自分の前途の救いのなさが際立っていくのを感じて愕然とした。もしこのまま何の手も打たなければ、洗ってもきれいにならない雑菌まみれの雑巾みたいに、打っちゃられるしかない存在になりかねない。後悔のない人生を送りたいなら、今こそ行動に移すべき時ではないか。

こう思っているところへ、一つのアイデアが岬の頭をよぎった。

「そうだ、私も思い切って飛び出してみよう！」

子供たちが一人また一人と未知の世界に飛び出していくリズムに乗って、母親も思い切ってジャンプを試みる。そうすれば、これまで行く手を遮ってきた壁を一気にぶち壊せるかもしれない。今こそ、旧態依然とした夫との生活から抜け出す絶好のチャンスだ。

突然湧き起こった発想を、岬はいささかの躊躇もなく即座に実行に移し始めた。その様子を見た周囲の大人たちは、ほとんど一言も発することなく、先端に批判と軽蔑をたっぷり塗り込んだ矢のような視線を岬に向けた。

「無理もないよなあ。何しろ夫は、浮気をしたわけでも、かけ事や麻薬に溺れたわけでも、暴言を吐いたり外傷が残るような暴力をふるったりするわけでもないんだから」

一見、危害を加えそうにない夫。これこそ、岬にとって対処に困る存在だった。はた目には何の害もなく見える夫。他人には穏やかで「いい人」に見えるらしい夫は、岬にとっては不平や不満以外の言葉を一切発することのない巨大な肉の塊でしかなかった。いや肉の塊というより脂肪の塊と言った方が適切かもしれない。

いずれにせよこの塊は、少しでも自分の気に入らないことが起きようものなら、思いつく限りの文句を呪文のように唱え始め、それがいつ果てるとも知れなくなる。耳をふさいだところで、否応なく侵入してくる不愉快極まりない言葉の羅列に、岬は息が詰まって呼吸ができなくなる。そしてついに、あばら骨がメリメリ音を立てはじめ、もはや肺が潰れるのも時間の問題。と思った瞬間、外見上の痕跡を一切残さないまま呪文は止む。

残るのは、このまま夫との生活を続けていけば、身も心も打ちのめされて再起不能に陥りかねない、という暗澹たる思いだけだった。

こんなわけだから、誰かに苦境を訴えても理解されないどころか、ほとんどの人は夫ではなく岬に批判の目を向ける。それを重々承知しながらも、子供たちが二人とも巣立って行ったこの機会に、夫のもとを離れるべきはないか。今こそ、巨体に物を言わせて岬を瀕死の状態に追いやる夫から解放され、自分らしい人生をスタートさせる絶好のチャンスではないかと思われた。しかもこれは、結婚以来住み慣れた郊外の二階建てと、夫の稼ぎという後ろ盾を失ってでも手に入れたいものに思われた。

理由が理由だけに、岬は当然ながら慰謝料も手切れ金も要求できる立場になかった。しかし電車で三駅先にある大型ショッピングセンター内の雑貨店で長年パートをしてきたお蔭で、カツカツながらも一人で生きていく財政基盤はできているつもりだ。パートを始めた当初から毎月、「もしもの時用に」と夫からくすねた二万円に自分の給料を全額プラスして貯金をしてきたし、一人暮らしを始めるつもりなら勤務時間を延長してもいいいという約束も店側と取り付けていた。

一人暮らし

引っ越し先は六畳一間の賃貸アパート。決して裕福な生活が待っているわけではなかったが、一人暮らしを始めるにあたって心に決めたことがある。それは、これからどのような困難に見舞われようとも、弱音を吐かず極力自力で乗り越えること。また、何歳になろうがどんな境遇に身を置くことになろうが、出かける時はいつもおしゃれをし、溌剌と生きていくことだった。そうすれば、他人から羨まれることはあっても、同情されたり蔑まれたりすることはないだろう。

強気で臨んだ一人暮らしは幸運なことに、さして大きな困難もなく、これまで過ごしてこられた。岬に言わせれば、これも自分なりに積み重ねた努力のたまものらしい。

というのも、寝る前はいつも入念に肌の手入れをするし、柔軟体操も健康維持に役立ちそうなものをテレビの番組から取り入れて、ドラマやお笑い番組を見ながら毎晩一時間近くかけてのんびりやる。認知症予防として、テレビに頻繁に出てくる人の名前は氏名とも言えるようにしているし、政治・経済・社会問題や、最新の科学的進歩のあらましも、興味のある分野ならテレビで解説される程度のレベルなら一応理解できるようにもしている。また寝る直前に食べ物は口にしないし、暴飲暴食もしない。もっともこの二つに関しては、消化器が弱いため暴食をしたくても出来ないし、アルコール飲料も酔いやすい体質なので少ししか飲めないという事情がある。しかしこれだけ頑張っているのだから、自然災害や事故にでも遭遇しない限り大過なく生きていけるだろう、と踏んでいた。

用意周到、但し頑張り過ぎず諦めず、最後まで若々しさを失わない。自ら設定したこんな目標に従って生きてきた。それなのに、冒頭に述べた予想もしなかった災難――起き掛けに突然、左足つけ根の筋肉を激痛が走るという不測の事態――に見舞われてしまったのだ。一人暮らしを始めて、ちょうど四半世紀が経っていた。

痛みは容易に治まってくれそうになく、少しでも身動きしようものなら容赦なく猛反撃を仕掛けてくる。それでも何とか体をベッドの端まですり寄せていき、次に思い切り深呼吸したあと、右足と両腕を使って「よいしょ」の号令と共に両足を床に下ろしてなんとか立ち上がった。とそこへ今度は、急に尿意が襲ってきた。

トイレは部屋を出てすぐのところにあって、夜中でもほとんど距離を感じずに行き来できる近さだ。とはいえ歩幅を三センチでも大きくしようものなら、痛みが襲って立ち所に身動きが取れなくなる。それでもだましだまし歩を進め、ようやくトイレの前までたどり着いた。一息ついて「さてもうひと頑張り」と自らに言い聞かせながらトイレに足を踏み入れた。するとその瞬間、何故かさっきまでの激痛が嘘みたいに消えていた。身動きも軽くなり、普通に歩くのはもちろん、その気になれば飛び跳ねることだって出来そうだ。

朝の起き掛けを不意に襲った痛みは、その後三日経っても四日経っても和らぐことはなかった。それでも毎回、四～五分我慢しさえすれば、あとは必ず嘘のように消えてなくなった。

岬は自問した。「この痛みは確かに耐え難い。でもすぐに消えてなくなるのだから、あわてて医者に行く必要はないのではないか」

生まれて以来、風邪さえほとんど引いたことがなく、健康には自信があった岬には、歯医者以外にかかりつけの医者がいない。そのため、すぐに医者に行くべきか、あるいはしばらく様子を見るべきかを決めかねた。

「痛みは日ごとに増していく質のものではないし、五分もすれば必ず跡形もなく消えてしまう。これはどう考えても、深刻なものではなさそうだ」

「それに痛いのは筋肉で、関節じゃないのだから、放っておいても手遅れと言われるような事態には至らないだろう」

「しばらく様子を見てみよう。そのうち少しずつ良くなっていくかもしれないし……」

自問自答の末、岬はこの問題を一旦忘れることにした。ところがすぐ、新たな疑問が湧いてきた。

「確かに今は、トイレに行くまでの間の我慢で済んでいる。でも放っておくと慢性化して、一生痛みを抱えたまま生きていかねばならなくなるかもしれない。出かけた先で急に痛くなり、それがどんどんひどくなって、そのまま動けなくなったりしたらどうしよう」

どちらとも決めかねる羽目に陥り、岬が途方に暮れていると、何故か数年前に友人と訪れた伊豆半島で目撃したある光景が、まるで今、目の前で起きているかのような鮮明さをもってよみがえってきた。

ホテルに帰る道すがら、広場のようなところで大勢の人たちが背中をこちらに向けて輪を作り、その中にある何かを見ながらガヤガヤ言い合っていた。

「いったいみんなは何を見ているのだろうか」といぶかりながら、岬は人をかき分けて輪の中央に向かって進んでいった。ようやく人垣の最前列にたどり着き、人々が注目しているものの方に目をやると、そこには老人が倒れていた。顔は見えるが、目鼻立ちがしわに埋もれているため男性か女性かさえ見分けがつかない。どうやら杖をついて歩いている最中に倒れたらしく、杖の下半分は地面と老人の俯いた体の間に挟まっている。気を失ってはいないようだが、如何にもよわよわしくて自力で立ち上がることが出来なさそうだ。

「お気の毒に。こんなに多くの人たちの好奇の目にさらされて」と思いながら、岬はその場を立ち去ろうとした。がその時、「この人はひょっとして私の知っている人ではないだろうか」という疑念が頭をよぎった。こうなると、もはや黙って立ち去るわけにはいかない。岬はさらに近寄って老人の顔を覗いてみた。

群衆の注目を浴びながら、倒れても起き上がることが出来ずに哀れな姿をさらしている老人。その人は他でもない、岬自身だったのだ。

岬たちが実際に旅先で目にしたのは、九十歳をとうに過ぎたと思われる弱りはてた老人の姿だった。それが今、目の前で展開されている光景の中では、いつの間にか岬の年老いた姿にすり替わっていたのだ。

たとえそれが空想の産物であったとはいえ、哀れな姿をさらけ出した心身の衰えきった老人が自分自身だったことに、岬の動揺が止まらなくなった。

「こんなに哀れで疎ましい老人が、私自身だというのか」

これでは、出かける前にいくら入念にシミやしわを隠す化粧をしても、また若々しい色合いの服を着て背筋を伸ばして歩いて他人の目を欺こうとしても、どれもみんな無駄で意味のない努力に過ぎないということではないのか？　隠しようのない本来の姿は、誰もがみなとっくに承知していたにもかかわらず、自分一人が若作りに成功していると思い込んで粋がっていただけなのか。岬はこれまで積み重ねてきた努力の何もかもを手あたり次第、思いっきり力を込めて放り投げてしまいたい気分に襲われた。

そこへ追い打ちをかけるように、十年ほど前の記憶がよみがえってきた。

おしゃれな友だち数人とレストランでランチを楽し

んだ後、カフェのウインドー側の席で愉快な話題に興じていた時のことだ。何気なくウインドーに目をやった岬はそこに映った自分の姿を見てギョッとした。

「こんなはずはない！」

とっさに心の中で叫んだ岬は、次の瞬間、息を思い切り深く吸い込むと、吐く息とともに見たくなかった自分の本当の姿を吐き出して、記憶に留まるのを阻止しようとした。

妄想と記憶のダブルパンチによって、自らの老いと対峙することを余儀なくされた岬は、これまで抗い続けてきたものの手ごわさに打ちのめされた。

ところが、しばらく経って元気を取り戻すと、もはや傷だらけの敗残兵ではなく、反撃のエネルギーに満ちた無敵の戦士となっていた。

「大丈夫。なんてったって私は、見かけだけじゃなく内面のアンチエイジングもおろそかにしていないんだから。仕事場や近所づきあいでは、自分より年下の人たちとも気さくに交流し、若い世代の考えを柔軟に取り入れたりしているのだから」

ところがすぐ、また弱気な現実がヒュ～と頭をもたげる。「自分がどうあがこうとも、所詮は二年前に古希を迎えた身じゃないか。いくら誤魔化そうとしても、立派な老人であることに変わりはない」。岬は打ちひしがれた。

するとまた、強気の岬が言い返す。「今しがた目撃した哀れな老人の姿は、幻想の産物でしかない。実際の私はもっとシャキッとしていて、実年齢より十歳は若く見えているはずだ」

こう思った先から、また悲愴な思いに心が乱される。

「普段いくら若いと思っていても、こんな夢想をするのは、自分が内心すでに老いを認めている証拠ではないのか。でなければ、こんな哀れなシーンが頭に浮かんでくるはずがない」

起きがけに襲った激痛を経験するまでは、社会に役立つ人材としての実力と容姿を保持していることに自信を持っていたはずの岬が、今や急にヨボヨボの年寄りになったような不安に襲われている。しかし同時に、弱気を打ち払って前進し続けようとする強気の姿勢も思いのほか健在だ。

弱気になっても決してそこに留まらず、必ず強気の姿勢がよみがえる。

「こんなに弱気から強気へ、強気から弱気へと極端に心が激しく揺れるのは、果たして自分だけなのだろうか」

またもや岬の自問自答が始まった。

「いや、ひょっとしてある程度の年齢になれば誰しも、老いを受け入れる気持ちと断固拒否する気持ちの応酬に大きく心が揺さぶられ、楽観と悲観の間を激しく行き来するものではないだろうか」

老いると人は、出来ることが日々失われていく。ところがしわやシミなどの老化のサインは増える一方だ。

「体の諸機能は衰え、社会への貢献度が減少するのを実感しながら生きている世の老人たちは、このどうしようもない現実とどう折り合いをつけて生きているのだろうか」

自らの老いを認めまいとする意志が強く働く岬は、老人会その他、老人ばかりの集いを毛嫌いし、避けてきた。老化に伴う身体の衰えや、記憶力の低下、好奇心の喪失などを話の種にし、「私も、私も」と言い合いながら大笑いする人たちを自分とは無関係の生き物とみなし、関わりを極力避けてきた。そのせいで、岬は同年代の実情には信じられないほど疎い。また老いに抗うことなく、楽しい時は楽しみ、悲しい時は悲しみながら自然体で命を全うしようとする人たちの生き方には学ぶべき知恵が隠れているはずなのに、その機会も取り逃がしてしまっている。しかもそれを岬は損失だとは思っていない。あくまでも独立独歩。言い換えれば独善的で、孤独な老人なのである。

いつになくグジグジと思案に暮れる日が一週間も続いただろうか。岬はついに、老化などという抽象的な概念に頭を悩ませている自分に飽きてきた。

思い立ったらすぐ行動とばかりに、岬は近所にある整体院に電話をかけて明朝の予約を取り付けた。

細身の長身に白衣をまとった銀縁眼鏡の整体師は、岬の訴えに真剣に耳を傾けた後、施術用ベッドに岬を横たわらせ、機械や手を使って岬の足を曲げたり、伸ばしたり、温めたり、振動させたり、様々な方法で処置を施してくれた。こうして一回目の処置が終わったころには早くも痛みが相当和らいでいた。回復の兆しに勇気づけられた岬は、次の日もまた次の日も整体院に通った。

ところが四～五日経ったあたりから、症状に改善が見られなくなってしまった。いや、むしろ痛みがぶり返してきたようで、六日目に処置室のベッドから立ち上がろうとしたとき、「痛い！」と思わず叫び声を上げた。帰り際、岬が治療費を払おうとしたら、施術師は「効果がなかった場合は、うちでは料金はいただかないことになっています」と言った。あまりの誠実さに感銘を受けた岬は、次の日も行ってみたが、どうやら改善は見込めないらしいことが分かり、他の手段に頼ることにした。

次に岬が訪れたのは鍼灸院だった。

整体院と異なり、鍼灸院は治療費が高い。しかしこの際、いくら治療費が嵩もうとも一日でも早く痛みから解放されたい。こんな切なる思いに駆られ、家から自転車で二十分の距離を通うことにした。着いた頃にはかなり汗ばんでいた。

顔の当たるところに白い不織布が敷かれた施術台に岬が俯きに横たわると、鍼灸師は予診票に書き込まれた問題箇所を参考に、岬の腰から太ももにかけて、指で押しながら次々と鍼を打っていった。次に低周波の微弱な電気が鍼を通して体内に流される。

治療が終わった後、ベッドから立ち上がり、下半身を覆ってくれていたタオルをたたんで施術室を出ようとした岬は、何気なく壁にかかった鏡に目をやった。出かける前は、老いのサインを隠す化粧を入念にしたつもりであったが、目の前に映し出されていたのは化粧の原形をすっかり失い、代わりに黒や茶色で落書されたような顔だった。もしかすると、ベッドの上部に敷いてあった白い不織布も同じような被害を受けているかもしれないと思って目をやると、案の定そこもアイメークの色で無秩序な模様が描かれていた。しかもその模様は汗に溶け、不織布を浸透して施術台にまで及んでいた。持参したタオルで施術台に残るメークのあとをふき取ったあと、再び鏡に向き合って顔の落書きを指で拭い取り、出口手前で治療費の支払いを済ませると、すっかり化粧の取れた顔のまま、自転車をこいで家路を急いだ。

その後も毎週、岬はこの鍼灸院に通い続けた。但し二度目以降は、施術台をメークで汚さないよう、分厚めのフェースタオルを持って行った。

こうして三週間が経ち、痛みもかなり緩和された頃、岬は夢を見た。

見渡す限りどこを向いても砂、砂、砂の広大な砂漠に突如、巨大なサソリが現れた。あわてて逃げようとする岬を、サソリがノッソノッソと追いかけてくる。必死で走り続け、「これ以上もう逃げきれない」と思ったちょうどその時、目の前に大きな穴を発見した。「ありがたい！　ここに逃げ込めば、助かる！」こう思って岬は、助走をつけて思いっきり穴に飛び込んだ。そして夢から覚めた。

目覚めた岬は、ベッドから落ちて腰を強打していた。夢で大きな穴に飛び込んだ時、ベッドから落ちたようだ。そのため、痛みはそれまで以上に酷くなっていた。しかもその後の鍼治療が、まったく効かなくなってしまったのだ。

ついに残された手段は、大学病院の整形外科しかなくなった。

医者は岬からいつ、どこで、痛みを感じるようになったのか。どんな種類の痛みかなどを聞いた後、レントゲン室に行くよう指示した。そこで腰のあたりを様々な角度から撮影した後、岬は診察室に戻った。

「柳沢さんは年齢の割には、珍しく関節に変形が見られませんねぇ。それからえーと……そうですねえ。見たところ、どこにも異常はないようです」

レントゲン・フイルムを見ながら医者は、岬を名字で呼んだあと、何の処置も薬の処方もすることなく診察を終えた。持病がなく、かかりつけの医者を持たない岬は、紹介状を持って行かなかったという理由で、何らの処置も施されなかったにもかかわらず、五千円を優に上回る莫大な初診料を払わされた。

これで、当初予定していた痛みの対策は全部試みた。

「もはや万策は尽きたか……」

だが、岬は案外諦めが悪かった。思わしくない現状に、何らかの手を打たなければ悪化の一途をたどるばかり。そうならないためには何をどうすればいいのだろうか。岬があれこれ思案を巡らしていると、以前何かの折に見かけた「テレビ体操」の画面がふと頭に浮かんだ。毎朝六時二十五分から十分間放送される番組だ。

とはいえ、朝早く目覚ましに起こされて体操するようなやり方は、長続きしそうにない。第一、出勤時刻に間に合うよう起きる必要がなくなった今となっては、こんな規則正しい生活は御免こうむりたい。それなら、ということで番組を録画し、目覚めたあとの気分に合わせて録画を見ながら体操することにした。朝から元気な日は起きてすぐ、寝覚めても眠気が残っているならしばらく待ってから。いずれにしても、毎日欠かさず励行することに意義がある。

寝起きに激痛に襲われるまでは、寝る前にほぼ毎日、我流ながら柔軟体操を行っていた。しかし痛みを覚えてからは、無理をするのは良くないと思い、体をいたわってきた。それが祟ったのだろう、テレビ画面に映される手本に合わせて体や頭、手足を動かし始めると、関節がポキポキ鳴るし、手は床に届かない。また思い切り足を上げようとするとバランスを崩して倒れそうになる。幼い頃から馴染んでいたはずのラジオ体操第一も第二も、ところどころ忘れてしまっていてリズムに乗れない。

ところが不思議なことに、毎朝テレビに合わせて体操を続けるうち、痛みが日に日に和らいでいった。

何はともあれ、今回の一連の出来事を岬は至って冷静に対処してきたつもりであった。整体師をはじめとするプロの手以外は借りることなく、一人で冷静に困難を乗り越えることが出来たとも思っている。これこそ日ごろから、いつ起きるかしれない非常事態に、慌てることなく対応できるよう心の準備をしてきたからだ。岬はこれまでの経緯を振り返りながら、満足の笑みを浮かべた。

しかし心の奥の奥は、大いに動揺していた。理由は、激痛のために起き上がるのもままならない事態に陥ったことではない。岬にとって今回の顛末が衝撃的だったのは、何といっても突然襲った痛みによって自分が年寄りであるという事実をつきつけられ、それから目を背けるわけにはいかない立場に追いやられたことだったのだ。

岬

岬は美人ではない。学校の成績はほぼ平均、背は高くも低くもなく、ややややせ型。小さい頃から自信がなく、自分は何をしてもダメだと思い込んでいた。

小学三年の道徳の授業で、先生に自分がどんな大人になりたいかを書くよう言われたので、「美人になりたい。頭が良くなりたい」と書いた。すると、しばらく経ってから「生まれつきのものは、変えられません」と赤い字でコメントしたものが返ってきた。それを見て「だったら、最初からそう言ってくれればよかったのに」と思った。

しかし岬が、美人でも頭のいい子でもないと思っている点を先生に素通りされてしまったことに関しては、取り立てて失望するようなことはなかった。それ程岬は、生来自分に備わっていないものがあっても、それに執着し、悔しいとか腹立たしいとか思うことはほとんどなく、自分より優れたものを持っている人に対しても別段嫉妬したりするようなこともなかった。ないものはないのだから、欲しがったところでどうしようもないと思っていたのだ。

こんな岬だが、小学校の卒業を間近に控えた辺りから急に男の子らに好意を寄せられるようになる。理由は未だに分からない。とにかく、この現象に納得のいかない岬は、男の子に人気があるのは嬉しかったが、「みんなは私の顔をよく見たり、性格や成績がパッとしないことに気づいたりすれば、きっと私を好きじゃなくなる」と思い込んでいた。

劣等感は中学高校時代も変わらず持ち続けていたが、大学生になって間もない頃からその心境に変化が表れ始める。

それはひょんなことから始まった。中学入学以来、制服か運動着のジャージ一点張りで、私服なるものを一切身に着けたことがなかった岬が大学生になった途端、私服を着なければならなくなったのだ。同じ私服といっても、母親の選んだ服を着ていた小学生時代と異なり、今や着る服を自分で選ばなければならない。昨日とまったく異なる状況の変化を前に、岬は戸惑った。何を着ていけばいいのか見当がつかないのだ。

「よし、こうなったら同年代の女子の私服選びを参考にするしかない」

　こう思った岬は、大学が始まるまでの期間を利用して、同じ年ごろの女子がどんな服装をしているのか観察することにした。

　入学式で着る服は紺のスーツに決めていたので、特に頭を悩ます必要はなかった。問題は、次の日から授業に出るために着て行く服だ。両親に無理を言って一人暮らしを始めた岬にとって、裕福な生活など望むべくもなく、アルバイトで貯めたお金でやり繰りするしかない。それでもここ二週間ほどの探索で、アパートから自転車で十五分ぐらいの所に流行の服を安く買える店を見つけたし、道行く同年代の人たちを観察するうち、服の組み合わせの仕方なども何となく分かるようになってきた。

入学を三日後に控えた昼下り、岬はあらかじめ目星をつけておいた服を上下三着ずつ購入した。

アパートに戻った岬は、さっそく買ったばかりの服を着てみた。鏡に映った自分に向かって少し微笑んでみると、新品を着ているせいか、まんざらでもない自分がそこに立って微笑み返していた。当面は買ったばかりの服を、組み合わせを変えたりしながら着て行くしかなかったが、アルバイト先から給料が入れば、少しずつ手持ちのものが増えていくだろう。そう思うと岬の胸がときめいた。

入学式も終わり、いよいよ買ったばかりの服を着て授業に臨む日がやって来た。当初緊張気味だった岬も、日が経つにつれて少しずつキャンパスライフに慣れ、周囲を見渡す余裕が出てきた。そこには、野暮ったい服装の人、無難な服装の人、目立たないがセンスのいい服装の人、派手でいかにもお金をかけていると思える服装の人など、実に様々な服装の人たちがいるのを発見する。こうして岬の大学生活は、授業中はもとより、授業の合間も女子たちの服装を観察して学ぶことに多くの時間が費やされた。やがて自分はどのような色を好み、どのような組み合わせをすると素敵に見えるかなどが考えられるようになる。

お洒落に必要なのは服に限らない。化粧品や靴やバッグも服に合わせて持っていたい。食費を切り詰めて、廉価でもファッショナブルに見える物を少しずつ買い集めて、いっぱしのかっこいい女子学生になったつもりで岬はキャンパスを闊歩した。その頃から、友達や先輩などから「おしゃれ」とか「かっこいい」とか言って褒められるようになる。

服装を褒められることが度重なるにつれ、生来の自信のなさが岬について回るのを止めた。それまで相棒の様な関係を保ってきた低い自己評価が少しずつ影を潜めるようになり、代わりに自己評価が徐々に高まっていった。

岬は褒められるのが大好きだ。余程的外れでもない限り、お世辞だろうが何だろうがとにかくいい評価をされると嬉しくなって、その言葉を何度も心の中で反復しては幸せな気分に浸り続けられた。岬にとって褒め言葉は、今も昔も美味しいご馳走以上に強く長く幸福感を味わわせてくれるものなのだ。

ところがこの世の中、褒めてくれる人ばかりではない。ネット上の誹謗中傷で、相手を容赦なく傷つける行為が社会問題となっていることから考えても、実際には褒める人よりけなす人の方が多いのかもしれない。

嫉妬に狂って相手を蹴落とすといった攻撃性を持たない岬だが、わけもなく意地悪されたり、バカにされたり、不当な攻撃を受けたりしたら黙ってはいない。それでも、すぐにはやり返さない。相手を冷静に観察して弱点を見つけ出し、そこをねらって一撃を食らわせるのだ。ただし暴力は使わず、あくまで言葉でギャフンと言わせる。

反撃にあたっては、まず具体的なシナリオは描かない。物事は想定通りにはいかないからだ。第二に、言葉は手短に要点のみを言う。言葉数が多いと焦点がぼやけて意図が伝わりにくいからだ。第三が、予想外の事態にも慌てず、落ち着いて対応すること。

これでたいていの場合、岬が勝つ。ところがまさにこの段階で、岬は重大なミスを犯す――卑劣ないじめで威勢をふるうヤツらを打ちのめしたことに、すっかり有頂天になった岬は、つい調子に乗って普段の物腰からは想像できないほどの大声で勝利の雄叫びをあげてしまうのだ。これが居合わせた人々の顰蹙を買い、それまで親しく付き合ってきた友達でさえ、愛想をつかすことになる。

顰蹙の引き潮につられて一斉に去っていく人たちを、なすすべもなく岬が見守っていると、突如、反省を促す高波が岬を襲って丸ごと漆黒の深海へと引きずり込んだ。暗闇の中でさんざんもがき苦しみ、「二度と調子に乗りません」と何度も心に誓い、何とか息を吹き返す。それなのに、また理由もなく罵倒されたら、やっつけたい衝動に駆られ、気づいた時には、大きな声を張り上げて高らかに勝利宣言をしている。しかも思いっきり怒鳴ってすっきりするものだから、本人はどんな啖呵を切ったかさえ覚えていない。

「あ〜あ、これでまた友達が去っていく」

岬は孤独が嫌いだ。以前テレビドラマを見ていたら、主人公の女の子が恋人に向かって「ウサギは寂しいと死んじゃうんだよ」と言っていた。それを聞いた時、岬は「ウサギだけじゃないよ。人間だって寂しいと死んじゃいそうになるんだから……」と口をモゾモゾさせながら呟いた。

それなのに岬は腹を立てる。うんざりもする。許容力が乏しく、腹立ちを相手にぶつけてしまいたくなる。こうして友達が少しずつ離れていくのを見ながら、自分を孤独にしているのは自分自身だと思い知る。

若い頃は活動領域が常に変化するので、一つの友情が壊れても次のチャンスが必ずあった。ところが年齢を重ね、活動範囲が狭まってくると、新たな友情を育もうにも少なくなった選択肢のなかから気の合う相手を見つけるのは、容易なことではない。

「老いとは寛容さを失うことだ」

どこかでこんなことを言った人がいた。

「てことは、私に寛容さが欠けているのは、年を取ったせい？　これはまずい、何とかしなければ……」

日ごろ「若い、若い」と自分に言い聞かせて老化に逆らって生きている岬にとって、これはあってはならないことだった。

「では、どうすればいい？　ひょっとして、感情を抑えるしかないとでも？」

「いや、それは違う。感情を抑えたりなどしたら、必ずうっ憤がたまって爆発し、状況はかえって悪くなる」

「それに考えてみると、年を取ったからといって、みんな心が固くなって優しさを失うわけではない」

またもや、岬の自問自答が始まっていた。

「人生百年の時代、一歩外に出ると決して若いとは言えない人に必ず出くわす。でも、その誰もが私のように不寛容をむき出しにして生きているようには思えない」

「そういえば好々爺って言葉があったなぁ」

「あれ？　今気づいたけれど、好々婆って言葉がない！」

「それだけ年齢を重ねるにつれて、穏やかでにこにこした女性が少なくなるってこと？」

「そんなはずはない。男だろうが、女だろうが——ついでに言えばいくつだろうが——穏やかな人もいれば、偏屈で意地悪な人もいる」

「それはそうだ。ところで私、今何を考えてたんだっけ？　……そうそう！　孤独の問題だった」

「でももし本気で孤独がイヤだと思うのなら、寛容の精神を持つしかないいんじゃないの？」

　こう思いながら岬は、物腰が柔らかく、包容力のある、にこやかな自分の未来像を思い描いてみた。

「こんなお婆さんになら、なってもいいかも……。寂しい思いをせずに済みそうだし」

「愛されキャラか～。これなら悪くないかもね」

「そうと決めたら、さっそく実行に移そう」とばかりに方法を考えた。

「まず、付き合う相手をえり好みしないこと」

「えっ、のっけから難題じゃない？」

「だったら、苦手な人と話すときは言葉数を減らすっていうのはどうかな」

「口数を減らすって……これも、言いたいことを自由に言ってきた身としては、結構厳しいな」

「でもこの際、やるっきゃない。それに言葉数を減らせば、相手も早々に立ち去るだろうから、一石二鳥かもしれないよ」

「なるほど。じゃあ次に、理不尽なことにすぐカッとなる性格はどうする？」

「これは難問中の難問。だって、気づいた時には相手に食って掛ってるんだもの」

「だよね」

ここで岬はしばらく考え込んだ。

「……じゃあ、とりあえず微笑んでみるってのはどうかしら。腹が立っても、理不尽だと思っても、口角を上げてみる。最初は心から笑える状態じゃなくても、この表情が当たり前にできるようになったら、自然にポジティブ・シンキングが出来るようになるかもしれない」

「楽しくなくても笑えば楽しくなるって説、あるからね」

「いつも笑顔を心得ていれば、楽しさが楽しさを呼んで、毎日が愉快になるかもしれない。そうなれば、少なくとも孤独な老人にならずにすむかもしれないね」

人付き合い

岬は友達付き合いが苦手だ。しかし生まれつきそうだったわけではない。

幼稚園時代は、おとなしくていかにも自信無げな子供だったが、「一緒に遊ぼう」と近づいてくる子供たちがいて、それなりに楽しく遊んだりしていた。

年中の同じクラスに一人、体が弱くてよく休む子がいた。その子がある日、しばらく幼稚園を休んだあと、久しぶりにみんなの前に姿を現した。母親の後ろに隠れてきまり悪そうにしているその子を見つけた園児たちは、一斉に駆け寄って気遣うようなしぐさを見せながら「だいじょうぶ？」などと優しく声をかけていた。

その様子を見た岬は、「ああ、私も体が弱かったらいいのに」と思った。大勢の子供たちに心配され、優しい言葉をかけられているその子が、羨ましかったのだ。

小学生になると恥ずかしい気持ちが芽生え、あまり大勢に構われたりするより、ごく少数の友達に優しくされたいと思うようになった。しかし依然として、自分から声をかけて友達を作るのではなく、向こうから近づいてくるのを待つタイプだった。

中学に入ると間もなく、岬は隣の席の女子と仲良くなった。どちらからともなく始まった他愛のない会話がきっかけのこの友情は、やがて周辺にも波及し、岬はクラスのほとんどの女子と顔見知りになる。それに伴い、口数も少しずつ増えていった。

そんなある日、岬は母親に言われた。

「岬ちゃん、お話しするとき、ひと言多めに話すよう心掛けてみたら？　女の子はその方が好かれるよ」

ちょうど男子に興味を持ち始め、友達同士のおしゃべりもほとんどがコイバナだった頃だ。「お母さん、今日は珍しくいい事言うじゃない」と、他のことならわけもなく反発することが多くなっていた岬だったが、このアドバイスだけはすんなり聞き入れられた。

それからは母親のアドバイスに従って「ひと言多め」を心がけただけでなく、自分から声をかけて友達が作れるようにもなり、岬の交友範囲は大幅に広がった。だが友人たちとの交流で満ち足りていた中学生活も、卒業と同時に終わってしまう。

高校生活の幕開けとなった入学式を、岬は受験勉強からの解放感が覚めやらぬ心持のまま参列した。式は形式通り進み、ほどなく校長先生の祝辞が始まった。型通りのあいさつに半ばうんざりしながら耳を傾けていると、突然信じられない言葉が耳に飛び込んできた。

「皆さん、大学入試の準備は今日から始めましょう」

案の定、次の日から勉強以外のことは一切考えさせてもらえないような生活が始まった。毎週末には大量の宿題が出され、週明けにはそれを基にした小テストが待っていたのだ。朝も昼も夜も土日もなくひたすら勉強せよと言われているような、それまでの学校生活とは全く異なる空気の中で、岬は息も絶え絶えになりながら逃げ場を求めてさまよった。

自由意思をこよなく愛する岬にとって、入学式も終わらぬうちに、「あれしろこれしろ」と次々命令が下され、どうすればいいのか途方に暮れるばかりだった。

ところが周囲を見回すと、岬のようにアタフタしている生徒は一人もいない。それどころか誰もみな無敵の面構えで、すでに始まった勉強に次ぐ勉強の毎日をものともせず、「必勝」の鉢巻きを締めた戦士となって敵を打ち負かそうと身構えていた。

もはやコイバナに付き合ってくれそうな人など、どこを探しても見つかりそうにない。しかも、勉強にしか関心のないこの学校の他の行事はすべてお座なりで、運動会も文化祭も形だけ。岬にとって唯一期待できそうに思っていた修学旅行でさえ、記憶にもとどまらない程つまらないものに終わった。

それでも時は過ぎ、暗黒の高校時代も終わり、晴れて大学生活を始める時が来た。岬はようやく自由を満喫できる喜びに浸りながら、おしゃべりを楽しみ、おしゃれにうつつを抜かした。男子に声をかけられることもたびたびあった。そんな時岬は、別段好きでなくても嫌でなければ、いつか好きになるかもしれないという軽い気持ちでデートの誘いに乗った。ところがその「いつか」は、何度デートを重ねても相手が誰であろうとも、ついに訪れることはなかった。

実は岬は、高校時代に片思いだった男性がどうしても忘れられなかったのだ。しかもその男性は、岬には永遠に手の届かないところに行ってしまっていた。

岬にとって大学生活は、まさに一瞬にして過ぎ去った夢。振り返って思い出すのは、自由な時間を女子とのおしゃべりで目いっぱい楽しんだこと。そして他人に漏らしたくない冷や汗が出てしまいそうな数々の失敗。そこからは何故か、勉学に励んだ記憶が欠落していた。

卒業後は一般事務の仕事に就いたが、三年ほど経った頃、同じ会社の先輩と付き合うようになり、間もなくその人と結婚する。

茜が生まれたのはそれから二年後の晩秋のころ。夕焼けが一面を真っ赤に染めて我が子の誕生を祝福してくれた。色白で目がパッチリ、世界中のみんなに自慢したいくらい可愛い子だった。茜を見た誰もが「わあ、可愛い！」と感嘆の声を上げるのを見て、「やっぱりこの子は誰の目にも可愛いんだ」と親バカの偏見に気づかない岬は意気揚々だった。

茜がよちよち歩きを始めたある晴れの昼過ぎ、お散歩デビューをさせようと近くの公園に出かけると、同じようによちよち歩きの子供を連れた母親が何人かいた。同じ成長段階の子供をかかえた親のよしみで、すぐに打ち解け合い、育児の楽しさや苦労を話すようになる。時にはそれぞれの家に招待し、コーヒーや紅茶でもてなしたりもした。ちょうどその頃、岬のお腹に新たな命が宿った。

翌年、初夏の爽やかな朝に翠が誕生した。陽光を受けた若葉のように、瑞々しく艶やかで生命力あふれる子だ。出産の前後二週間を岬の両親に預かってもらっていた茜は、半年ほど前に二歳の誕生日を迎えたばかり。順調に成長し、走る姿も危なげがなくなり、喧嘩をするにもいっぱしに言い分を通そうとするようになっていた。

翠が生まれて一カ月が過ぎた頃、岬は二人の子供を連れて久しぶりに外へ出た。茜はブランクなどなかったみたいに友達との再会を喜ぶと、すぐにみんなと一緒に遊び始めた。どの子もみんな、しばらく会わないうちに目覚ましく成長し、一人で出来ることが増えていた。

同時に、母親たちにも変化が起きていた。幼い子供たちの安全を確保するため終始見守っている必要がなくなった母親たちは、子供たちそっちのけで夫への不満と我が子の自慢話に興じるようになっていたのだ。

この変化は、他の親たちにとってはゆるやかで自然なものだっただろう。しかし、出産のためにしばらく付き合いから遠ざかっていた岬には、どうにも馴染めない。それでも日を重ねるうちにみんなと打ち解けて話をするようになり、やがてノリノリで子供の自慢話をして満足感に浸ったり、夫の不満をぶちまけてすっきりしたりするようになった。

ところがそんなおしゃべりも、やがて自分たちの家庭という狭い領域を越えて他家の事情へと及ぶようになり、井戸端会議は近所の人たちのうわさ話へと発展していった。その場にいない人のある事ない事を、あげつらって面白がる。面白くなければ、尾ひれをつけてみんなが喜ぶものに仕立て上げる。その場にいない人の話だから、勝手に筋を変えても文句を言う人はそこにいない。

岬は、予想もしなかった母親たちの変化に戸惑った。これがもし、岬だけの問題だったらひそかに身を退くというやり方もあっただろう。しかし今や二人の子供がいる身、そんなことをしたら親の庇護が必要な幼い子供たちから友達付き合いの機会を奪うことになってしまう。

親の我儘が、本来自由であるべき子供の交友関係を狭めかねない状況で、何より優先すべきは子供の伸びやかな成長を促す機会ではないか。今は、個人の思いより親としてなすべきことを重視すべきかもしれないなど逡巡していると、先日の近所の母親たちとの気まずい鉢合わせの瞬間がよみがえってきた。

幼い翠を抱っこし、茜の手を引いて三人で出かけようとした時のことだ。門を出ようとした岬のすぐ前で、近所の母親たちがおしゃべりに夢中になっていた。行く手に立ちはだかる顔見知りの人たちを、黙ってすり抜けるのはいくら何でも失礼というものだろう。とは思ったものの、どうやってその場を切り抜ければいいのか分からずオタオタした。

結局作り笑いを浮かべながら「すみません、すみません」と言って母親たちをかき分けるようにしてその場を通り過ぎたが、あの時のギクシャクした心地の悪さはしこりとなって、しばらく心に留まったままだった。

日常のありふれたと言っていいこのような出来事の積み重ねが、突如説明のつけがたい欲求不満となって岬をあおり、噂好きの母親たちを思い切り罵倒せずにはいられなくなった。

「他人の不幸は蜜の味」と言うけれど、噂話が楽しいのは、その場にいない人をやり玉に挙げて、「それ見たことか。日ごろいくら立派な人ぶっても、実際はこんなにダメ人間だってことよ」などと勝ち誇れるからじゃないか。その際、大事なのは話がどこまで事実に基づいているかではなく、話すことで自分たちのうっ憤がどれだけ晴らせるかだ。

　心の中で思いっきり噂好きの母親らをなじって日ごろの不満を吐き出し、幾分気が晴れたように感じた岬だったが、こんなやり方でうっ憤を晴らそうとする自分の行為も決して褒められたものではないことに気づいた。そこへ不意に、岬の頭を疑問がよぎった。

「あの人たち、陰で私や私の家族の噂話に花を咲かせているのかしら」

　こう思う間もなく、自分の浅はかな行為の記憶がよみがえってきた。

「しまった。私は不覚にもみんなに気を許して、あけすけに家族のことを話してしまっていた！」

岬は自分の迂闊さに腹が立つと同時に、母親たちの話の輪に加わるのが余計にイヤになった。

「それってちょっと大人気なくない？　何かいやなことがあるとすぐ、相手との関係を断って問題をなかったことにしようとするなんて」

岬を諭す声が、どこからともなく聞こえてきた。

ならば批判したい気持ちを当面打っちゃって、みんなと仲良く付き合うことにするか。それがイヤなら、妥協することなく自分に正直な態度を貫くしかない。二つの選択肢の内どちらを選ぶか、しばらく頭を悩ませていたが、いつの間にか強気の岬が弱気の岬をコテンパンにやっつけていた。やがて決然とした声が、岬の心の奥底から高らかに響いた。

「たとえ孤立することになろうとも、私は自分に正直に生きる道を選ぶ」

老眼

世間で働き盛りといわれる四十歳前後、子育てに奮闘する毎日を送っていた岬は、同年代の能力を認められた人たちが役職に就くなど責任の多い仕事を任せられるようになるのを羨望の目で眺めていた。

彼らのキビキビと立ち働く姿、あるいは重責に耐えながら任務をこなす姿、はたまた部下が抱える問題の解決に頭を悩ます姿はどれも、頼られる人特有のオーラを放っていて頼もしく、思わずあこがれを抱いてしまうほどだった。

ところがまさに人生のピークと言ってもいいこの時

期に、多くの人が皮肉にも体力や能力の低下をひそかに自覚し始めるようだ。いわゆる老化現象だが、それが表れる時期や受け取り方や感じ方には個人差があって、衰えなどまったく感じない人もいれば、すでに何年か前から体調不良に悩んでいる人もいる。また衰えを感じない人の中にも健康診断で異常の動かぬ証拠を突き付けられてびっくりしたり、がっかりしたりする人もいるし、逆に体のあちこちにガタが来ているのを感じているにもかかわらず、畳みかけるように問題を指摘されて、腹立たしいと同時に情けない思いに追い込まれる人もいるようだ。

岬はというと、責任の重い仕事を任せられる立場に身を置いたこともなければ、結婚前のわずかな期間を除いて正社員として勤務した経験もなく、有能な同年代の人たちのような働き盛り特有の自信や誇りを持つのは、境遇的に無理だと思っていた。

ただ、肉体的には成長のピークを過ぎてしまっているという事実は、さすがの岬も認めないわけにはいかなかった。だからといって下降し始めているとは思っていない。あくまでも平行線をたどっているつもりなのだ。というのも、年一回の健康診断で異常が見つかったことは一度もなかったし、瞬発力や集中力にかけては測ったり比べたりする機会が大学卒業以来なかったので衰えていても気づきようがなかったからだ。

老化現象につきものの記憶力も、岬はラッキーなことに生まれつき物覚えが悪かったお陰で衰えを感じることがなかった。従って、誰かが「最近記憶力が低下してねえ」などとブツクサ言うのを耳にしても、「甘いねえ」とついうそぶきたくなるだけだ。そもそも岬は、老化で多少の衰えを感じ始めた「新参者」たちとは土台が違うのだ。こんな時、岬の頭に浮かぶのは次のような言葉だ。

「お気の毒さま。でも私のレベルになるにはまだ数年はかかるでしょうね」

そこにはもちろん、負け惜しみや嫌味などの感情は微塵も込められていない。何しろ老化による記憶力の低下を知らない岬は、自分はひょっとして一生老化を感じずにすむのではないかと思い、人知れず得をした気分になっていた程だから。

「長年、短所だと思っていた物覚えの悪さが、今や長所となって私の味方をしてくれている」と岬は、自分の特殊事情がもたらす現象に、感謝したいような誇らしいような思いにさえ浸ることが出来たのだ。お蔭で記憶力の低下が取りざたされるたび、「生まれながらの短所も、我慢して付き合っていれば必ず報われるときが来る」などと、記憶力の低さを人生哲学のように大層に解釈して喜びをかみしめた。

こんなわけで、同年の人が集まる場で老化現象の話が持ち出されても、付き合い上話に耳は傾けるものの、内心では「どうしたの、みんな老けちゃって。もっと人生を楽しみましょうよ」とみんなを鼓舞したい思いに駆られていた。

ところが唯一、老眼だけは岬の味方をしてくれなかった。その兆候に初めて気づいたのは、新しく買ったトースターの取扱説明書を読もうとした時だった。細かい文字がぼやけて読みづらく、焦点を合わせようとすると説明書を手元から離し、目を細めなければならない自分に気づいたのだ。それまで老化が自分の身に起こっているなど、思ってもみなかった岬にとって、これは大きな衝撃だった。しかもこの問題に関しては、見栄を張って自分とは無関係といった顔を押し通そうにも限界があった。人前や暗い所で細かい字を読む必要に迫られたら、もう手の施しようがなくなる。どうあがこうが、読めないのだから。

もちろん、兆候が表れ始めた当初はあの手この手で見栄を張るつもりでいた。細かい字を読む時は、出来るだけ手を遠ざけず、いくら読みにくくても目を細めないように頑張れば一応その場はしのぐことが出来た。老眼鏡をあまり早くから使うと、老眼の度が進むと聞いたら、その説に従って老眼鏡を購入するのを出来るだけ引き伸ばすつもりにもなっていた。しかし日が経つにつれ、度は容赦なく進んだ。そしてついに誤魔化しがきかなくなって眼鏡屋に足を踏み入れることになった。

「いらっしゃいませ。今日はどのような……？」

「あの〜、老眼鏡を」

「はい、老眼鏡ですね。では、まず度数を調べさせてください」

お店の人はこう言うと、複雑な作りの装置の前に岬を座らせ、レンズをはめ込んだり画面をスライドさせたりしながら「これは読めますか」と尋ね、次にレンズを入れ替えて同じ操作を繰り返したりしながら視力を確かめた。

「お疲れさまでした。では、こちらへどうぞ」と言われながら、岬はフレームを並べたショーケースに案内された。

「そうですねえ、お客様は初めてでいらっしゃいますよね。それでしたら……」

そこにはちょっと高そうなフレームが並べられていた。

「お客様はお顔がお小さいので、この辺りのはいかがでしょうか？　とてもおしゃれに見えますよ。レンズが入っていないので少しわかりにくいかもしれませんが、試してごらんになりませんか？　きっととてもお似合いになりますよ」

薦められたフレームをつけ、あと二、三のフレームも試したあと、さしあたり自分の好みに一番近いものを選んだ。

次に店員はレンズの説明を始めた。

「レンズは無色透明のものと、色が入ったものとがございますが、どちらにされますか？　薄く色が入りますと、目の周りの細かいしわなどが隠れて見えにくくなります」

岬が決めかねていると、店員は「一度、無色のレンズと色の入ったものと、両方お試しになってはいかがでしょうか。どちらも度は入っていませんが……」

岬が色のついた方に興味がありそうなのを察知すると、店員は「お客様、他にもいくつかお色を揃えておりますが、そちらも試してごらんになりませんか？」

と言いながら、目の前に別の色のレンズも並べてくれた。

これまで眼鏡をかけたことがなかったため、どれを試しても不自然感がぬぐえない。いやむしろ、老眼鏡をかけねばならない状況に立ち至った自分と折り合いがつかず、その葛藤が決断を遅らせているのかもしれなかった。そこへふと店員の声がした。

「そうですね。こちらは仕事のできるタイプ、こちらはどちらかというと、可愛い感じに見えますが……」

この言葉にすぐ、岬は可愛く見える方を選んだ。何しろ少しでも若く見えること。これが岬にとって一番大事だったのだから。

家族

人が何人か集まって話をしている最中、賛成してくれる人はいないかもしれないと知りつつも、あえて自分の意見を述べてしまうことが岬にはままある。こんな岬の態度は、時に社会の潮流に逆らっているように受け取られ、親しく付き合っている人たちさえしらけさせてしまうことがある。そんなこんなで岬は、「空気が読めない人」とか「空気を読む気がない人」、あるいは「常識のない変わった人」などという目で見られる傾向がある。

岬自身、自分の考えが突飛だという認識はないが、人々の反応の仕方から判断すると、時に少数派に属する思想の持主だと受け取られることがあるのは十分認識していた。だから、自分が変わっていると思われるのはある程度仕方がないとは思うが、それでもやっぱり寂しい。周りから一斉に人が去って行くような寂寥感に胸が痛むのだ。そして思う。

「私だって、いつもいつも逆らっているわけじゃないんだし、たまには異なる意見に耳を傾けてくれてもいいんじゃないの？」

ところが世の中、そう甘くはない。一旦「変わった人」のレッテルを張ったが最後、それを簡単にはがしてはくれない。一方岬自身も、孤独にならないために、自分の考えを曲げて「みんなの考え」に合わせるなどということはできない。そんなことをしたら、自分の考えではなく、みんなの考えを持つ私、つまり自分ではない私になってしまいそうに思えるからだ。

ところでこの「みんな」とはいったい誰なのだろうか。幼い子供が何かを買って欲しくて親におねだりする時、よく「だってみんな持ってるもん」と言う。可愛いわが子が必死の面持ちでこの言葉を使うと、親は「みんなが持っているのに、うちの子だけが持っていなかったなんて、何て可哀想なことをしてしまっていたのかしら」とかいう思いに駆られてつい子供の言いなりになってしまいがちだ。

親のこのような反応を見た子供は、「みんな」という言葉の威力を知るようになる。そしてやがて、自分の欲求を手っ取り早く満たす手段として、この便利な言葉を借りて親や友達を説得したり丸め込んだりするようになる。

岬が初めて「みんな」という言葉のうさん臭さを感じたのは、幼稚園児だった頃だ。

「え〜、なんでえ」

岬と少し離れたところで遊んでいたミミちゃんの声が、突然園庭に響いた。どうやらチヒロちゃんに誘いを断られたようだった。ミミちゃんに詰め寄られて途方に暮れたチヒロちゃんが言い訳の言葉を探しているところへ、ミミちゃんがさらに言った。

「みんなやってるのに……」

これでチヒロちゃんは、もはや誘いを断れなくなってしまった。

あの時、ミミちゃんが言った「みんな」は、ハツネちゃん一人だけだったのを岬は知っていた。しかし事情を知らないチヒロちゃんには、「みんな」が多くの遊び仲間のように受け取れてしまったのだろう。

このような経験をして以来、岬は自分に対して「みんな」という言葉で誘ったり、要求したりする人（自分の子供を含む）には、反射的に「みんなって誰？」と問いただすようになった。そして分かったのが、時と場合によって「みんな」は一人であったり十人であったり、場合によっては千人を超えるということ。しかもこれは園児でも、立派な大人の場合でも変わらないということだ。

それ程「みんな」という言葉は曖昧なのだが、その曖昧さゆえに強い説得力を秘めていて、多くの人が意識するしないにかかわらず使用したり言いくるめられたりしてしまっているように感じられた。何しろこの国では、人との付き合いで重要視されるのが争いを避けることで、そのためには妥協や同調の出来る人が「大人」だと見なされているのだから。

ついでに言うと、「みんなが知っていること」という意味で使われる「常識」にも岬はうさん臭いものを感じる。岬に言わせれば、常識という言葉を振りかざして威圧をたくらむ人は、実は「みんな」の主張に頼って生きている人に過ぎず、翻っていえば自分で物事を考える能力がないという事実を暗に示しているに過ぎない。こんな風に思えてしまうのだ。

ところで、こんな岬の姿勢を「ウザイ」と感じる最も身近な存在がいた。それは娘たちである。二人とも結婚して他県に住み、それぞれ二人の子供がいるが、離れているお蔭で無難と言っていい関係が保てている。近かったらしょっちゅう喧嘩をしていたか、最悪の場合は親子断絶していたかもしれない。

二人とも大学入学と同時に一人暮らしを始めたが、茜は卒業後も故郷に戻ることなく伴侶を見つけて結婚し、翠は卒業後の就職先で知り合った男性と結婚し、直後に転勤が決まってそのまま他県暮らしが続いている。二人とも結婚して間もなく子供が生まれたが、その後は父親の住む家を里帰り先と決め、岬の住む狭いアパートには余程のことでもない限り、訪ねてくることはなかった。

岬の夫は五年前に定年退職し、その直後に胃がんが見つかってすぐに手術を受けた。その後は転移もなく年金生活をのんびりと送っていたが、三年前あたりから認知症の兆候が表れ始めた。一難去ってまた一難、と思っているところへ、今度はがんが再発していることがわかった。しかもそれが見つかった時には、治療しても完治が見込めないほど進行していた。

すぐ娘たちを呼び寄せ、夫の今後について話し合った。今回発見されたがんは、取り除いてもすぐに再発する可能性が高いという。それでも手術を望むか、あるいは手術をあきらめて緩和ケアに頼る方がいいかを医師の意見を参考に、家族で思う存分話し合った。その頃には認知症が岬一人では手に余るほど進んでいたこともあり、結局治療より緩和ケアを重視する方針を選択することになった。

「お母さん、すごく冷静ね。お父さんがもうすぐ死んじゃうかもしれないっていうのに」

話し合いの最中、岬は娘たちに異口同音散々などられた。

正直言って岬自身も、死を目前にしている夫を気の毒だとは思うものの、ほとんど動揺することのない自分に驚き、戸惑っていた。そこへ発せられた娘たちからの批判の声。これにはかなり応えた。同時にどう反応していいか分からず、黙るしかなかった。

もちろん、岬には岬なりの言い分はあった。しかしこのような場合、弱い立場の者は同情され、そうでない立場の者は得てして悪者になりかねない。岬がうっかり自分の正当性を主張しようものなら、父親を不憫に思う娘たちから猛然たる反撃を食らうことになる。そう思った岬は、娘たちからの容赦ない非難の礫を甘んじて受けることにした。

岬にとって、夫とは所詮他人同士だが、娘たちにとってみれば「父親」であり、「ジイジ」でもある。そんな人を悪く言えば、血のつながった娘たちは自分たちが批判されたような気になるのだろう。

認知症が進行し始めて以来、岬は自らの勝手な振舞いで夫を傷つけたことに対するお詫びのつもりで介護に励んだ。しかしがんの再発によって、認知症の症状が手に負えなくなる前に寿命が尽きた。これは、娘たちにとって辛いことではあったようだが、夫にとっても岬にとっても幸いなことだと思っている。夫は最期まで、ヘルパーや看護師たちの手厚いケアを受けることが出来たし、認知症のお蔭で死の恐怖と向き合うことなく、心安らかにあの世に旅立って行けたのだから。亡くなった時、健康であればまだまだ長生きしたかったに違いない夫を不憫に思ったが、やれる事は十分にやり通せた自分に岬は満足した。

夫の死後は、家具や衣類などいらなくなったものの処理、家のあちこちにたまりにたまった書類の整理など、やるべき雑務に追われた。それもようやく終わって一段落、と思ったところへ冒頭に述べた起きがけの激痛に見舞われたのだった。

長生き

岬は、長生きしたいと思わない。いや、むしろ長生きしたくない。では何歳まで生きたいか、と尋ねられると答えに困ってしまう。というのも、自分が興味のある事に夢中になっているときは、お迎えが来てもそれをやり終えるまで待ってほしいと懇願しそうだ。一方、体の不調を抱えて何もやる気が起きない時、あるいは何をやってもうまくいかない時は、お迎えを喜んで即座に受け入れそうだ。

夫が先に逝ってくれたお蔭で、人の死が残された家族にどれほどの影響を及ぼすかをじかに感じることが出来た。心の底からほとばしり出るのは、悲しみや寂しさに留まらない。無念や後悔その他、様々な割り切れない思いが濁流となって襲い掛かるのだ。娘たちは父親を取り立てて慕っていたわけではなく、距離的に離れていたのを理由に、めったに会いに来ることはなかった。たまに孫たちを連れて里帰りしても、再会の喜びはすぐに色あせ、孫達も食べて寝るだけの生活にすぐ飽きてしまい、結局二、三日で予定を切り上げて家路につく始末だった。

それでも、いざ今生の別れとなると惜別の念がこみ上げるらしく、涙を流しながらいつまでも手を握っていた。

一方岬はというと、孫たちが幼い間は可愛くてたまらず、娘夫婦の迷惑も考えずにノコノコ会いに行ったりしていた。しかし片道二〜三時間かかる所まで頻繁に会いに行くには遠すぎた。次第に足が遠のき、関係がドライになっていった。

岬は自分が死んでも、娘たちは大して悲しむことはないだろうと思っている。それはそれで自業自得、仕方のない事だ。ただ、娘たちには死後の処理に困るような羽目には陥らせたくない。そこで「終活」の一端として次のような簡単な遺書を書いた。

入院、葬式、墓は一切不要。骨拾いも望まない。

痛みや呼吸困難がひどい場合は、対症療法は求めるが、手術やその他病の治療は一切しないでほしい。

所有物は換金できるもの以外はすべて破棄してほしい。

残った金銭は二人の娘で平等に分けてほしい。

「立つ鳥跡を濁さず」

願わくは岬も、跡形を残さずあの世へ旅立ちたい。

死

岬は自分の死について、じっくり考えるのは時間の無駄だと思うことにしていた。じっくり考えようが考えまいが、死の瞬間は必ず訪れる。そんな抗いようのない事実にかかずらうぐらいなら、今の時間をいかに充実したものにするかを考える方が、よっぽどいいと思ったからだ。ところがある日、そんな思いを覆す事態が起きた。

七十歳の誕生日を過ぎて、何か月か経ったころのことだ。朝、テレビをつけていつものように食事の準備をしていたところ、男性タレントMの訃報が突然テレビから流れた。

岬より三十歳以上年下のMには一度も会ったことはなかったが、ドラマや芝居で姿を見るたび、その魅力に惹かれ独り胸をときめかしていた。

日常においても岬が悩んでいる時は、Mのイメージを呼び起こし、いつも相談に乗ってもらっていた。もちろんアドバイスをくれたり背中をさすってくれたりなどは望むべくもなかったが、イメージの中のMは終始穏やかな微笑みを浮かべて話を聞いてくれた。役者として悪役を演じることもあったが、岬の前ではいつも温かい笑みをたたえ、弱気になった岬を慰めてくれた。この優しさと温かさに岬はどれほど救われたことだろう。

　いつものように時間をかけて作った朝の食事をのんびり味わいながら、その日の予定を確認するつもりでいた岬は、この思いもかけないニュースに心がかき乱された。同時に衝撃でフリーズした頭は、理性による事態の把握を拒絶した。

　それでも数時間も経つうちに平静さが徐々に戻ってきて、現実と向き合う用意が整い始めた。と、そこへ突然電話が鳴り響き、どんよりした部屋の空気を撹拌した。

　電話の主は、高校以来の親友・霞ちゃんの姉だった。

岬が理不尽を嫌い、時に大勢を敵に回しても信念を通そうとする特異な性格の持ち主であることを理解し、いつもそばにいて話を聞いてくれたこの親友は、ここ数年心臓を患って入退院を繰り返していた。そんな霞ちゃんが、さっき息を引き取ったというのだ。

霞ちゃんはその後、家族と少数の友人によって静かに見送られた。一方、Ｍは死ぬには若すぎる年齢だったこともあって、直後から世間に騒がれた。岬はそんな喧騒をよそに、一人静かに心の中でＭの冥福を祈った。

あれからどれほどの時が流れただろうか。当初の寂しさや切なさが徐々に癒え、岬にもようやく日常が戻ってきた。そんなある昼下がり、部屋で一人夢想にふけっていると、あたりがにわかに明るくなった。見ると霞ちゃんとMが光を背に立っていて、岬に優しく微笑みかけていた。この一瞬の出来事が、岬の死に対するイメージを一変させた。

死はもはや、「命あるものにとって避けたくても避けられないもの」といった生物学的事象ではなく、「先立った故人との再会を約束するもの」といった個人的感情を帯びたものとなった。岬がこの世を旅立つ時、二人はきっと黄泉の国の入り口まで出向いてくれ、岬を温かく迎え入れてくれるに違いない。こんな確信にも似た思いが芽生えたのだ。

とはいえ岬は、この世に残される家族のことを考えて、自ら命を絶つようなことはしない。年を重ね、生き続けるのが辛くなっても、お迎えの時が来るまでは生き続けようと思っている。しかもそのお迎えの日は、すぐに訪れそうにない。というのも岬は体調が至って良好、持病もないのだから。霞ちゃんとMには気の毒だが、しばらくあの世で待ちぼうけを食わせることになりそうだ。

こんなわけで結局、長生きしても困らない程度の資金的な準備をする以外、死について思い巡らすのは止めよう、ということこれまでの考えは変わることがなかった。そして、与えられた時間を精一杯生きていこうと改めて思った。

もちろん死のイメージが明るく変容したからといって、この先バラ色の未来が待っているなどという夢想を抱いてはいない。年齢を重ねれば重ねるほど気力や体力が衰え、出来ることも限られるようになることは、すでに体験済みだ。それでも諦めさえしなければ、死ぬまで積極的に生きていけるのではないか。自分はその可能性に挑戦してみたい……。

「待てよ……死ぬまで積極的に生きるって、一体どうやって？」

またしても岬の頭に疑問が生じた。しかし答えは簡単に見つからない。そんなモヤモヤを抱えたまま数日が過ぎたころ、ふと一つのアイデアが浮かんだ。

「ボランティア活動を通して、今からでも社会のお役に立つことが出来ないだろうか」

次の日、いつもより三十分ほど早めに起きて朝食を済ませ、身支度を整えて区役所に出かけて行った。階段を二階まで上がると、すぐそこにボランティアの紹介窓口があった。岬が希望の活動内容を話すと、対応してくれた職員が「これなんかいかがでしょうか。シニアの方に人気がありますよ」と、リストの一カ所を指しながら言った。

「えっ？　今、この人は私のことをシニアと言ったよね」

岬の心はまたたく間に、怒りの炎で真っ赤に燃えた。

と同時に、自らを戒める心の声が岬を諭し始める。

「こんな時、自制心を働かせるのが大人っていうものでしょう」

岬は怒りを鎮めようとして自らに言い聞かせた。

「私は理性を備えたおしゃれで優雅な女性。ちょっとぐらい気に入らないことがあったとしても、一端の教養ある女性として不満を直接相手にぶつけるような無作法なことはしない」

それでも燃え滾る怒りは、多少なだめた程度では容易に鎮まりそうになかった。そこで今度は、全身の力を込めて無理やり感情を抑え込もうとした。

「冷静に、冷静に……。今は感情を一切押し殺して相手の説明に耳を傾けよう」

こう決心した岬は、目の前の女性によって引き起こされた心の動揺をおくびにも出さず説明に耳を傾けることにした。

ところが当の女性は、最初こそ戸惑いの色を浮かべていたが、見る見る不愉快さが募っていくのがはた目にも明らかになり、遂には岬を冷たく突き放すような無表情で非協力的な岩の塊になってその場に立ちつくしてしまった。推して知るべし。岬は決して冷静さなど保ててはいなかったのだ。

せっかく意を決して区役所まで出かけておきながら、その日は何の収穫もなく帰路についたわけだが、それほどまでに「シニア」や「お年寄り」という言葉が岬は嫌いなのだ。それが一般的な意味合いで語られるならまだしも、自分に向けられたものだとしたら、断固受けつけられない。いかに思いやりに満ちた声としぐさで発せられたものであっても妥協の余地なし。いや、むしろこの「思いやり」なるものが自分に向けられる理由が分からない。

「シニア」だろうが「お年寄り」だろうが、そもそもこの言葉には、体のどこかに不調を抱え、気力も体力も衰えた哀れな存在、あるいは役立たずで世話の焼ける厄介な存在といった意味合いが含まれているように思われる。ある年齢を超えた人は、誰であれ十把一からげに「老人」または「お年寄り」と呼ばれ、もはやそれぞれに個性を持った人間とはみなされなくなる。「老人」をそんな境遇に追いやっておきながら、時に思いやり満載の笑顔で「お年寄り」に手を差し伸べ、「いい人」を演じて酔っている若者の心を想像しただけでも虫唾が走る。ちなみに岬が最近受けた検査で、体力は四十歳後半、認知症の兆候はゼロだった。それでも「お年寄り」扱いされるのは、ひょっとして私の顔が老けているとでも？

「老人」、「年寄り」、「シニア」、「お年寄り」。どれも同じ意味だが、最後の言葉が一般に最も使用頻度が高いのではないだろうか。使用する側にすれば、「年寄り」の前に「お」をつけて敬意を表したつもりだろうが、使用された側の「お年寄り」がそれを有り難がるとでも思っているのだろうか。使用する側は、丁寧な言葉を使っているのだから文句を言われるはずはない、いやむしろ有り難がられて当然だ、などと思っているかもしれないが、浅はか極まりない。このあまりに安易な言葉選びと、それを使ってさえいれば、やっかいな相手を適当にアシラエルと思う若者の魂胆が透けて見える無神経さが岬の鼻について仕方がないのだ。「お年寄り」には、それぞれ苗字と名前がちゃんとあるのだ。

とはいえ、こんな無神経な奴らに一々腹を立てても空しいばかりだ。相手はしょせん碌でもない連中なんだから。こちらのやりきれなさやもどかしさなど、汲み取る神経など持ち合わせていないのはすでに十分承知している。だったらいっそ「お年寄り」と言われない存在になってやろうじゃないか。こうして始まったのが、岬の老いとの闘いだった。

年を取ると体の諸機能が低下し、一人で出来ることが減ってくる。そうしてやがては、誰かの世話にならなければ生きていくのが難しくなっていくのだろう。岬としては、出来ればそうなる前に死にたいが、そう簡単にわが身はクタバッテくれない。ならば、この無謀とも思える老いとの闘いに勝って、死ぬまで若々しい存在になってやろうじゃないか。

素地はすでに出来ている。以前から、同年代の人より若く見られがちであった岬は、それを維持しようと毎日適度な運動、食事、睡眠を心がけてきた。食事は、栄養のバランスと腹八分目を心がければいいだけなので、特に努力はいらないし、手間もかからない。たまに友人と会食するときに食べ過ぎることがあっても、次の日から通常の食事に戻るので大した問題はないだろう。第一、食事などを介した交流は若さを維持するうえで大切なことだと思う。

運動も、「柔軟性の維持」や「体幹の強化」はもちろん、最近は「認知症予防」とか「骨密度を上げる体操」とかいったものがテレビで紹介されるようになった。それを取り入れて、毎晩寝る前にドラマを見ながらゆっくりやるのであまり苦にならない。たまに眠くてやる気が起きないこともあるが、そんな時は睡眠優先。無理して体操をすると、眠気が覚めて寝付けなくなる。

肌の手入れに関しては、お金がないので高価な化粧品や若返りの手術に頼ることは出来ない。しかし一人暮らしの利点を生かせば、人目をはばかることなく、また誰に文句を言われることもなく、自分のペースで思い通りにアンチエイジングに力を入れることは出来る。日々の手入れを怠らず、老いを打ち負かそうと日々奮闘すれば、老いをやっつけた気分とその満足感でストレスが減り、若々しさが保てると信じている。

さらに心理面での対策として、実年齢を意識し過ぎず、代わりに「若い、若い」と自分に言い聞かせて「若作り」に励むこと。努力を怠りさえしなければ、ただの「お年寄り」ではなく岬という名の一人の女性として処遇されるのではないか。こんな希望を抱きながら命ある限り生きたいと思っている。

ただ睡眠だけは、あちこちで紹介されるどの方法を試しても期待するほどの効果が得られず、未だに眠れない夜はある。テレビを見ながら時折時計を見やってはため息をつくといった動作を繰り返すうち、やがて夜が明けるようなことも年に一度や二度ではない。喜怒哀楽が激しいため、昼間腹を立てた相手に対する憤りのマグマが冷めきらず、眠れなくなることもしばしばだ。また何年か前に自分が取った態度を突如思い出して反省し、相手に対する申し訳なさが朝まで持続して眠れなくなることもある。よりにもよって眠ろうとするまさにその時に、モヤモヤやイライラが湧き立ってくるのが抑えられない自分に腹が立つ。だが眠れない原因はそれだけではない。嬉しかったことや楽しかったことを思い出しても、やはり眠れなくなる。しかも一旦腹立ちや喜びが眠気をすり抜けて支配力を発揮すると、もう歯止めが利かなくなって一睡もできないまま朝になることもある。

とはいえ、ありがたいことに岬はバリバリの現役キャリア・ウーマンではない。寝不足の翌朝に出かけなければならない用事があっても、用事を済ませた後には必ず睡魔が襲ってくるのでぐっすり眠ることができる。次の日に予定がなければ、朝早く起きる必要もない。それでいい、毎日同じ時刻に寝て、同じ時刻に起きる必要なんてないのだから。

眠れない夜があってもたいていは次の日の夜十時には眠気が襲ってくるし、翌朝はいつもより遅く寝覚める。だから結果的には十分睡眠が取れていることになるので、気にするほどのことではないと思っている。

ところで死ぬまで元気で若々しくありたい岬は、出来れば最後まで人の役に立つ存在であり続けたい。しかしこんな願いとは裏腹に、最近急に体力が衰えてきたようで、何をしても長く続けるのが辛くなってきた。雑貨店の仕事もこのところ週三回、一回当たり二時間に減ってしまっている。

「そろそろ私も、いくら見栄を張ったところで生きる気力と体力が減ってきているのを認めないわけにはいかなくなったってことかな」

こう思い始めた岬に、思いがけないチャンスが訪れた。

これから

事の始まりは、ブラウスの背中に開いた直径一〜二ミリの穴だった。サンプル品や「少々難あり」ものなど、格安の物を専門に売る店で見つけた商品で、繊維の詳しい内容は分からないが、淡いベージュの薄い生地で作られたとてもおしゃれな物だった。価格は千円。派手な色のインナーの上に羽織ると、我ながらファッショナブルに感じられた。その背中に、穴が開いてしまったのだ。

分厚い生地なら手縫いで目立たなく繕うことは出来たが、何しろ生地があまりにも薄いので、縫ったら跡があからさまに見えてしまう。仕方がないので、同色のレースのモチーフを見つけ出して、それを縫い付けた。出来上がったのを見ると、デザインとして最初から取り付けたもののように見えなくもない。ある日、そのブラウスを身に着けて仕事に出かけたところ、店員や客から褒められた。

褒められるのが大好きな岬は、その後も手持ちの衣類をカンバスに、様々な繊維のモチーフや糸を使って「作品」を作り続けた。虫食いやシミで着られなくなったセーターに手編みのモチーフを縫い付けたり、長年箪笥の肥やしになっていたスカートは長さの異なるスカートと重ね着したり……。こうして新たに生まれ変わった衣装は、やがて勤め先の雑貨店でも話題になり、ついには作り方を教えてほしいという人まで現れた。

口コミは次第に広がり、ある日様々な年代の女性たちがやって来て、岬に教室を開いてほしいと願い出た。聞けば、衝動買いしたが、着こなし方が分からずほったらかしになった服や、長年しまっておいたため流行遅れになってしまった服など、買った服を着ないまま放置している人が思いの外多いらしいことが分かった。また、気に入って毎年着ていたがうっかりシミを作ってしまった服を抱え、捨てるにはもったいないが、活用の仕方が分からないといった例も少なくないことを知る。そんな服に少し手を加えておしゃれな服に変えたい、そのための知恵を伝授してくれないかと岬に頼むのだ。

こうして始まった「おしゃれ教室」。場所は地区の公民館その他、どこでも用意されたところへ喜んで出向き、アイデアを提供しながらそれぞれが持ち寄った衣服などを新しく作り変える手伝いをした。世界でたった一つのおしゃれな服が出来上がるのが楽しみで、会員は増えていった。

教室で岬がやることといえば、家から持参した刺繍糸、毛糸、端切れ、ボタンやレースなどを並べて置いてみせるだけ。それを見た服や小物の持ち主が、自分の好みに合いそうなものを選び、アレンジの仕方を岬や教室の仲間たちに教えてもらい、意見交換しながら納得のいく案を採用して新たなものに仕上げていく。そこには何の決まりも法則もなく、目的はただ素敵なものに仕上げること。それだけだ。

思い返せばおしゃれは、岬にとってれっきとした趣味ではあるが、履歴書の趣味の欄には記入したことがない。というのは、読書や旅行や映画鑑賞などのように、「誰にも誇れそう」で「教養を高める一助になるもの」に該当しないと教師から助言されたからだ。それでも岬は、堂々とおしゃれを楽しみ続けた。

「たとえ趣味の欄に書くには相応しくなくても、私はおしゃれが好きだ。理由は、自分に似合う色や自分の体形を理解することで、欠点をカバー出来るだけでなく長所に見せることだって出来るから」

思えば大学時代お洒落に目覚めた頃の岬は、流行をおさえた手頃な服をあれこれ組み合わせて楽しんでいた。買った翌年には型崩れして着られなくなる物も多かったが、あの頃、限られた中でやりくりした経験は今の生活にも役立っている。

大学を卒業する頃には、お金を貯めさえすれば高くても欲しいものが手に入るようになり、品質のいいものに触れる機会も増えておしゃれにさらに磨きがかかった。しかし当然ながら、すべての知人からファッシヨンセンスを高く評価されたわけではない。

中には「変わった格好をしてる」とか「夜店で売ってるおもちゃみたいなアクセサリー」とか「それ、手作り？」とか言われたこともある。それでも岬のアイデアに共感する人は日に日に増えていき、以前は趣味だと公言するのを憚られたおしゃれが、今では多くの人に評価され、生かされるようになった。

お蔭で今後は、「趣味はおしゃれです」と堂々と言えそうな気さえしてくる。

これから先、この「おしゃれ教室」がどこまで発展し、また岬がいつまで教える立場にとどまっていられるか予測はつかない。しかし、せっかく与えられたこの機会を精一杯楽しみ、多くの会員に喜んでもらえるなら、岬にとってこれ以上の幸せはない。

終わりに向けて

岬は、出来ることなら最後まで、人の助けを借りずに生きていきたい。死ぬときも、誰の手も煩わせず一人静かにこの世を去りたいと思ってきた。

しかしこれは、人を慮った上での結論ではなく、あくまでも独りよがりで、他人を寄せ付けない頑固さを秘めた結論なのではないか。最近になって、こんな疑問が胸の内を去来するようになった。

人は生まれる時、まれな例外を除いて、医師や助産師や看護師など、人の手助けを得て無事この世に生を受ける。同様に死ぬ時も、医師や看護師や家族などの手助けが得られるなら、助けてもらうのが自然なのではないだろうか。図らずも独りで亡くならねばならなかった人のことを思うと辛く、悔しく、切ない。それならなおさら、自らの死を悼んで駆けつけてくれる人がいるなら、ありがたくその恩恵にあずかってはどうだろう。お葬式やお墓がいらないなら、それは結構。しかし別れを惜しんでくれる人がいるなら、その行為を有り難く受け取ってはどうだろう。こんなことを今頃になって思い始めた。

そもそも人は、いつ誰のもとに生まれるかを選べないのと同様——自ら命を絶つか、余命を告げられるような病気にでもならない限り——いつどこで死ぬかも分からない。

ひょっとすると明日、交通事故で死ぬかもしれないし、多くの命を奪う新型ウイルスなどに感染して死ぬかもしれない。また突然大地震が起こって、あえなく命を失うことだってあり得る。

いずれの場合も、即死なら心の準備はしようがない。しかし大型台風が接近していて、避難しなければ命があぶないといった状況なら、多少の準備は整えられるだろう。そんな時、どうするか。正直岬は、人の手を借りてまで安全なところに避難したいとは思っていない。むしろ、避難しなければ死ぬような事態が起きたら、逃げることなく静かに死を受け入れたい。

また重傷を負い、すぐに病院で手当てを受けなければ命が危ういといった状態なら、岬は助けて欲しくない。多くの死傷者が予測されるような場で、全員を助けることが出来ないなら、是非とも若い命を優先してほしい。特に少子高齢化が大きな問題となっている日本で、最初に守るべきは老人でなく、若者なのだから。

こんな妄想に浸っていると、岬の片割れがツッコミを入れてきた。

「立派なことを言っちゃって！　実際に自分が瀕死の状態で苦しんでいる時でも、躊躇なく同じことが言える？」

不意を突かれた岬は、しどろもどろに答えた。

「正直言って、そこまでの覚悟はないかもしれない。でも……痛みを和らげるぐらいのことは、して欲しいかな……」

岬の片割れは、さらに容赦のない問いを投げかける。

「普段は死を恐れないみたいなことを言ってるけれど、いざとなると怯むんじゃないの？」これに対しても、岬はただ「そうかもしれない」と答えるしかなかった。

「確実に死ぬと知りながら覚悟のないまま死に向かうより、死を避けて安全な方に逃げる方が本能に適っている。それにとっさの時は、誰でも理性より本能の方が優位に働くものでしょう」。諦めの悪い言い訳が頭でこだました。

片割れは、さらに畳みかけた。

「入院先の病院で、容態が急変して医療的措置をとらなければ死ぬかもしれないと言われたら、冷静に『何の処置もしないでください』と言える？」

これまでほとんど医者にかかったことのない岬でも、高熱や激痛で苦しんでいる最中に、医療処置を望むか否かを確かめられるような事態は想像できる。そんな時、「何もしなければ死にますよ。それでもいいんですね」などと念を押されたら、脅された気になって思わず「助けてほしい」と叫んでしまうかもしれない……。

こうして「いざという時」を具体的に頭に描き、実際に経験しているつもりで考えてみると、「長生きしたくない」などと言っていたのが本音かどうか疑わしくなってくる。そもそも長生きしたくないと言いながら、「生きている限りは若々しくありたい」とか言って健康に留意している体たらくなのだから。

それならいっそ、長生きしたくないなどと言わず、終わりの時が来るまで自分に出来ることを楽しむ方が、逆に潔いのではないか。

「確かに、長生きを否定しておきながら、健康維持に努めるなんて、どうしようもない自己矛盾だわ」

いきなり決心を覆さざるを得ない局面に立たされ、

岬が茫然としていると、先日聞いたばかりの友人の父親の話がにわかによみがえってきた。

父親は、数日前に八十九歳の誕生日を病院で迎えたばかりだった。ある日、看病を続けていた母親と娘は、医者から「恐らく、今日か明日あたりでしょう」と言われた。それでも二人は、いつも通り交代で夜通し父親の痰を取り除いてやった。

朝になり、すっかりのどの引っ掛かりもなくなり、父親は気持ちよさそうに横たわっていたそうだ。やがて朝食の時間になり、周囲が活気づいてきた。すると突然、父親が看病で疲れ切った母親と娘に向かって言った。

「オレの食事、まだか」

無口で、元気な時でさえ口数の少ない父親の突然の要求を耳にした二人は、「私たちの苦労も知らずに暢気に食事を要求してるよ」と、顔を見合わせて笑ったそうだ。

ところがそれから一時間も経たないうちに、父親は息を引き取った。死因は心不全だった。この思いもかけない父親の最期に、母親と娘は言い合った。

「お父さん、今も自分があの世に行ったことに気づいてないよね」

友人の微笑ましいとも言える話に思いを馳せていると、死を目前に控えた岬自身の父親の姿が頭に浮かんできた。入院先で生きる意欲もほとんど失い、自力ながらよわよわしく呼吸を続けていた八十歳を間近に控えた父が、突然「美味しい刺身が食べたい」と言った。すると、岬と一緒に見舞いに来ていた母と姉が「お父さんの気持ちは分かるよ。でも病院で出されたものを食べた方が体にいいんだよ」と口をそろえて諭すように言った。

この言葉に、岬は唖然とした。この先長く生きられない父に、「体にいいから」という理由で食べる気の起こらない病院食を食べさせようとする母たちの気持ちが理解できなかったのだ。そこで岬は言った。

「お父さんが、食べたいって言っている物を食べさせてあげようよ」

これを聞いた母と姉は、口をつぐんで怪訝な顔を岬に向け続けた。そこで岬は言った。

「あまり気が進まないものを食べて一週間寿命を延ばすより、食べたいものを食べて少しぐらい命を縮めることになっても、その方がお父さんは幸せなんじゃないかなあ」

これを聞いた二人は、思いっきり怒りを込めて言い返してきた。

「あなたってなんて残酷なの！」

岬は「残酷」だと言われたことに驚いて、そのあと三人でどんなやり取りをしたか一切覚えていない。「刺身が食べたい」と言った岬の父は、その後一週間も経たないうちに希望を叶えられないままこの世を去った。そんな父を思うたび、岬はやるせなさで胸がいっぱいになった。と同時に母と姉への憤りがこみ上げてきた。

ところが今、当時を振り返ると、岬がこれまで抱いてきた「私は正しい」という確信のようなものが揺らいできた。

「あれ〜？　お父さんが亡くなって寂しく辛いはずなのに、私は自分の考えの正しさにとらわれていた？」

こう思うと岬は父に申し訳なくてたまらなくなった。

「お父さん、ごめんね。息をするだけでも大変だったはずなのに、そばで私たちが言い争ったりしちゃって。あの時もっと、お父さんの気持ちに寄り添うべきだったね」

岬はにわかに、父の当時の心境を知りたい欲求に駆られた。

「お父さんはあの時、どんなことを思っていたんだろう」

岬の夢想はやがて、自らの終わりの時へと移っていった。

「私がどこでどんな死に方をするか、今のところ誰にも分からない。でもどんな死に方をするにしても、必ずこの世を旅立つ瞬間はあるはずだ。その時、私は何か特別のものが食べたくなるのだろうか。それとも黄泉の国で待ちかねてくれているはずの懐かしい笑顔に会うのが楽しみで、食べ物のことを考える余裕などないのだろうか」

いずれにしても旅立ちに際して名残を惜しんだり、旅立った後に死を悼んでくれたりする人がいたら、それだけで生きてきた甲斐があったと思えそうな気がしてきた。

「それに」と岬は思う。「私には黄泉の国で出迎えてくれる優しい笑顔がある」

いつとはなしに岬の顔には穏やかな笑みが浮かんでいた。

老いは突然やってくる

定価　1,100円+税

2023年6月24日　初版発行

著　者　　真山美幸
発行者　　勝山敏一
発行所　　桂書房
〒930-0103 富山市北代3683-11
TEL 076-434-4600 | FAX 076-434-4617

装　幀　　宗友実乃里
印　刷　　モリモト印刷株式会社

 ISBN978-4-86627-135-4

地方・小出版流通センター扱い